El Hombrecito Galleta

Versión de Sally Bell

Ilustrado Por Jane Launchbury

Traducido por Iván Vázquez Rodríguez
a través de Editorial Trillas, S.A. de C.V.

A Golden Book • New York

Western Publishing Company, Inc., Racine, Wisconsin 53404

Un hombre y una mujer
vivían en una granja.
La mujer dijo:
-Haré un hombrecito de galleta.
Y así lo hizo.

De pronto, ella escuchó algo.
Ella observó.
El hombrecito galleta saltó.

La mujer quería atraparlo.
El hombre quería atraparlo.
Pero el hombrecito galleta
escapó.

El hombrecito galleta corría veloz.

Él reía.

Él cantaba.

-Corran, corran, tan rápido como puedan.

No podrán atraparme.

¡Soy el hombrecito galleta!

Él vio a un hombre.
El hombre estaba pintando.
El hombre estaba pintando
una casa.

-¡Alto! -gritó el hombre-.
Necesito comer algo.
Te ves delicioso.
El hombrecito galleta corrió.
El hombre corrió tras él.

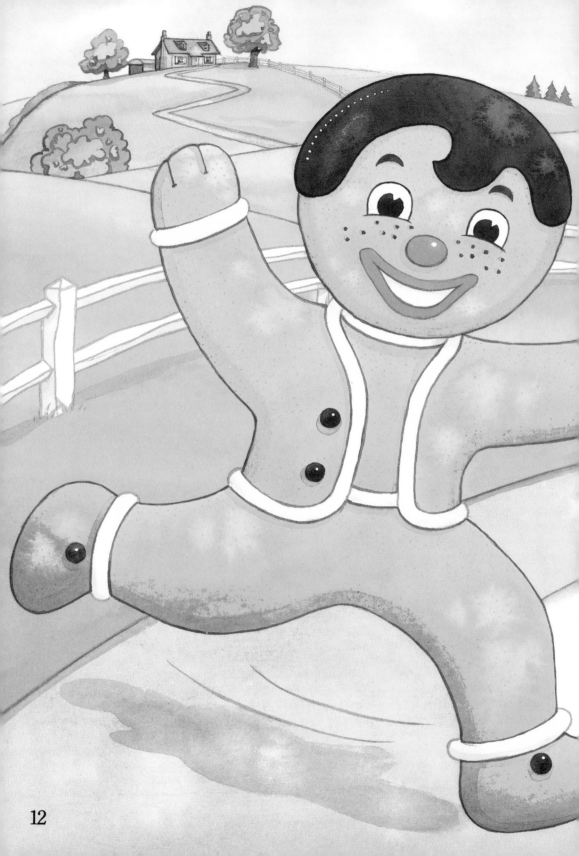

El hombrecito galleta reía.

Él cantaba.

-Corran, corran, tan rápido como puedan.

No podrán atraparme.

¡Soy el hombrecito galleta!

Él vio a una niña.
Ella estaba jugando.
Ella tenía un balón.

-¡Alto! -gritó la niña-.
Necesito comer algo.
Te ves delicioso.
El hombrecito galleta corrió.
La niña corrió tras él.

El hombrecito galleta reía.

Él cantaba.

-Corran, corran, tan rápido como puedan.

No podrán atraparme.

¡Soy el hombrecito galleta!

Él vio a un niño.

El niño estaba paseando.

-¡Alto! -gritó el niño-.

Necesito comer algo.

Te ves delicioso.

El hombrecito galleta corrío.

El niño corrió tras él.

El hombrecito galleta reía.

Él cantaba.

-Corran, corran, tan rápido como puedan.

No podrán atraparme.

¡Soy el hombrecito galleta!

El hombrecito galleta vio agua.
Se detuvo.
No sabía qué hacer.
El hombrecito galleta
vio a una zorra.
La zorra lo vio a él.

El hombrecito galleta cantaba.

-Corran, corran, tan rápido como puedan.

No podrán atraparme.

¡Soy el hombrecito galleta!

La zorra dijo:

-Yo no quiero atraparte.

Te ayudaré.

Puedes montarte en mí.

El hombrecito galleta
se montó en la zorra.
La zorra saltó al agua.
La zorra dijo:
-Te mojarás.
Súbete a mi cabeza-.
El hombrecito galleta así lo hizo.

La zorra dijo otra vez:

-Te mojarás.

Súbete a mi nariz-.

El hombrecito galleta así lo hizo.

La zorra levantó la cabeza.

El hombrecito galleta se cayó.

¡Glup!
La zorra se lo comió.
Y este fue el fin
del hombrecito galleta.

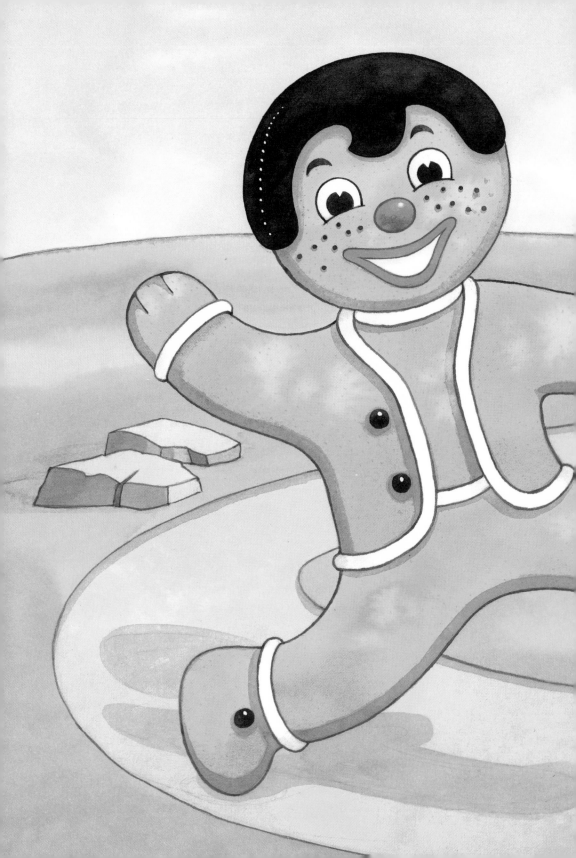